AF364019

VENTE

Du Mercredi 22 Octobre 1913

HOTEL DROUOT, SALLE N° 10

A 2 HEURES 1/4

◆

FAIENCES & PORCELAINES

Anciennes et Modernes

MINIATURES

TAPISSERIES ANCIENNES

COMMISSAIRE-PRISEUR

Me Georges TIXIER

EXPERT

M. Édouard PAPE

Expert près le Tribunal civil de la Seine

CATALOGUE

DES

FAIENCES ET PORCELAINES

Anciennes et Modernes

MINIATURES

TAPISSERIES ANCIENNES

DONT LA VENTE AURA LIEU

HOTEL DROUOT, SALLE N° 10

LE MERCREDI 22 OCTOBRE 1913

à 2 heures 1/4

<table>
<tr><td>COMMISSAIRE-PRISEUR</td><td>EXPERT</td></tr>
<tr><td>Mᵉ Georges TIXIER</td><td>M. Édouard PAPE</td></tr>
<tr><td>45, rue de la Chaussée-d'Antin</td><td>EXPERT PRÈS LE TRIBUNAL CIVIL DE LA SEINE</td></tr>
<tr><td>PARIS</td><td>174, rue du Faubourg-Saint-Honoré</td></tr>
</table>

EXPOSITION PUBLIQUE

Le Mardi 21 Octobre 1913, de 2 heures à 6 heures

CONDITIONS DE LA VENTE

Elle sera faite au comptant.

Les adjudicataires paieront *dix pour cent* en sus des enchères.

Paris. — Imp. de l'Art, Ch. Berger, 41, rue de la Victoire.

DÉSIGNATION

FAIENCES ANCIENNES

1 — **Alcora**. Tasse et soucoupe, décor polychrome. Soucoupe, décor de grotesques.

2 — **Allemagne**. Six plaques de cheminée, sujets et inscriptions camaïeu bleu.

3 — **Allemagne**. Deux assiettes, paysages chinois et attributs camaïeu bleu.

4 — **Allemagne**. Assiette, décor de fleurs polychromes. Marquée *D. P.*

5 — **Allemagne**. Assiette creuse, décor de fleurs et paysages camaïeu manganèse.

6 — **Allemagne**. Assiette, décorée au centre d'un paon en camaïeu bleu.

7 — **Allemagne**. Assiette, décorée d'un paon et de fleurettes polychromes.

8 — **Delft**. Petite coupe ajourée au fond, décorée de fruits, brindilles et lambrequins camaïeu bleu.

9 — **Delft.** Potiche couverte, ornée de fleurettes et brindilles camaïeu bleu.

10 — **Delft.** Assiette, décorée de zones concentriques, ornée de fleurettes et de branchages polychromes.

11 — **Delft.** Petite bouteille, ornée de Chinois et paysages camaïeu bleu.

12 — **Delft.** Quatre petites assiettes, décor camaïeu bleu au paon.

13 — **Delft.** Plat, orné de fleurs et guirlandes polychromes.

14 — **Delft.** Petit plat creux, décor polychrome, dit « au cœur ».

15 — **Delft.** Plat, décor polychrome de fleurs et quadrillés rouges.

16 — **France.** Pichet figurant un personnage serrant une bouteille sur sa poitrine. Terre vernissée brune.

17 — **France (?).** Plat terre vernissée, offrant, au centre, un cerf courant et, au marli, des oves en relief.

18 — **Italie.** Deux plaques rondes, sujets mythologiques polychromes.

19 — **Italie.** Petite coupe en piédouche, ornée d'insectes et de réserves à ornements polychromes.

20 — **Italie**. Saladier, décor d'oiseaux, animaux et branchages polychromes.

21 — **Italie**. Deux gargoulettes, décor de lambrequins polychromes.

22 — **Italie**. Deux autres gargoulettes, décor analogue.

23 — **Italie**. Vase de pharmacie, orné d'un cartouche, d'oiseaux et de fleurs polychromes.

24 — **Les Islettes**. Plat présentant une femme tetant une ombrelle.

25 — **Les Islettes**. Plat présentant une corbeille remplie de fleurs polychromes.

26 — **Les Islettes**. Soupière, décorée d'oiseaux et d'arbustes polychromes.

27 — **Les Islettes**. Plat présentant le nom *Collard Aubry* entouré d'une guirlande de fleurs.

28 — **Les Islettes**. Dix assiettes, décors divers.

29 — **Marseille**. Assiette, décorée au marli de bouquets de fleurs polychromes.

30 — **Moustiers**. Deux assiettes et un plat long, décor de grotesques.

31 — **Moustiers**. Plat, de forme ovale, à échancrures, décor camaïeu bleu, dit « Bérain ».

32 — **Moustiers**. Deux petites assiettes à bords dentelés, même décor, camaïeu bleu.

33 — **Montpellier**. Assiette, décor de fleurs polychromes.

34 — **Moustiers**. Plat à longs bords contournés,
décor de fleurs polychromes.

35 — **Nevers**. Plateau à piédouche, décoré d'ornements en camaïeu bleu.

36 — **Nevers**. Deux assiettes, décorées d'une frégate
en camaïeu manganèse.

37 — **Nevers**. Assiette, décor polychrome dit « au
ballon ».

38 — **Nevers**. Deux assiettes révolutionnaires :
Réunion et *Trésor National 1791*.

39 — **Rhodes**. Petit plat, décor polychrome de pal-
mes, tulipes et fleurs stylisées.

40 — **Rouen**. Compotier octogonal, orné d'une
armoirie polychrome.

41 — **Rouen**. Paire de cornets, décor camaïeu bleu.
Fabrication moderne.

42 — **Rouen**. Plat long, orné de quadrillés et de
fleurs polychromes.

43 — **Rouen**. Pichet couvert, orné de cannelures,
quadrillés et fleurs polychromes.

44 — **Savone**. Assiette, décor camaïeu bleu présentant Actéon changé en cerf.

45 — **Savone**. Petit plat présentant l'Amour couronnant Vénus.

46 — **Saint-Amand**. Petit plat, orné, au centre, d'un paysage camaïeu manganèse.

47 — **Saint-Amand**. Assiette, décor polychrome de fleurs et dentelles en rehauts blancs.

48 — **Sceaux**. Assiette présentant un paysan dansant, décor polychrome.

49 — **Suisse**. Petit plat, orné, au fond, d'un paysage et, au marli, de quatre médaillons camaïeu bleu.

50 — **Urbino**. Deux petites coupes à piédouche, décor polychrome de grotesques.

51 — **Urbino**. Plat, orné d'un saint polychrome.

52 — **Urbino**. Petite assiette, décorée d'un enfant portant un dauphin.

53 — **Urbino**. Plateau, orné, au centre, d'un amour polychrome.

54 — **Fabriques diverses**. Lot de saladiers.

55 — **Fabriques diverses**. Quatre plats à barbe.

PORCELAINES ANCIENNES

56 — **Chine.** Petit cornet, décor polychrome de faisans et chrysanthèmes.

57 — **Chine.** Petit cornet, décor un peu différent.

58 — **Chine.** Deux assiettes creuses, décorées de fleurs et arbustes polychromes.

59 — **Chine.** Trois petits plats, décor bleu.

60 — **Chine.** Assiette, offrant un panier fleuri poly·chrome. Époque Kang-shi.

61 — **Chine.** Assiette, décor analogue.

62 — **Chine.** Assiette, ornée, au centre, de fleurs polychromes et, au marli, de huit réserves. Époque Kien-lung.

63 — **Chine.** Plat creux, décor camaïeu bleu.

64 — **Furstenberg.** Petit présentoir, orné d'un paysage maritime et semé de fleurettes polychromes.

65 — **Louisbourg.** Statuette de paysan tenant un échalas où s'enroule un cep chargé de grappes.

66 — **Louisbourg.** Statuette de jardinière relevant ses jupes de la main gauche et portant un arrosoir de la main droite.

67 — **Louisbourg.** Théière, à décor de fleurs camaïeu rose.

68 — **Saxe**. Deux assiettes, décor de fleurs polychromes, à bords dentelés d'or.

69 — **Saxe**. Verseuse, à décor de fleurs polychromes
(surdécorée).

70 — **Saxe**. Brûle-parfums, sur pied triangulaire,
orné de roses, guirlandes, perles et culot dorés
en relief. Bouquets de fleurs polychromes.

71 — **Saxe**. Coupe de surtout, dont le support, en
forme de colonne cannelée, est entouré de raisins
décorés au naturel.

72 — **Saxe**. Tasse-trembleuse, décor de fleurs polychromes.

73 — **Saxe**. Statuette de femme, de la série des *Cris
de Paris*, portant un éventaire plein de légumes.

74 — **Saxe**. Petit groupe formé de deux amours.

75 — **Tournai**. Deux assiettes, décor de fleurs
camaïeu bleu.

76 — **Vienne**. Assiette, bordure vannerie, décor de
fleurs camïeu bleu.

77 — **Vienne**. Cafetière et théière, décorées de bouquets de fleurs polychromes.

78 — **Vienne**. Boîte à thé, décor de fleurs polychromes.

79 — **Vienne.** Statuette de jeune femme portant du bras gauche un panier d'où sortent des oiseaux.

80 — **Russie.** Théière et verseuse, ornées de scènes polychromes animées.

PORCELAINES MODERNES

81 — **Berlin.** Cabaret, composé de : une verseuse, une théière, un pot à lait, une boîte à thé, un bol, douze tasses et leurs soucoupes, décorés de cartouches à sujets de paysages et marines camaïeu rose et bouquets de fleurs.

82 — **Chine.** Grand bol, à décor de scènes chinoises.

83 — **Chine.** Seize soucoupes et quatorze tasses, décor camaïeu bleu.

84 — **Fabriques diverses.** Un baguier, trois petites tasses, un magot, un vase Nola, et huit petites tasses à dentelles d'or.

85 — **Fabriques diverses.** Une assiette ajourée, une assiette fleurs, une assiette Japon.

86 — **Saxe.** Verseuse et cafetière à imbrications sur fond bleu et bouquets de fleurs polychromes.

87 — **Saxe.** Porte-cure-dents (?) fond rose.

88 — **Sèvres.** Deux assiettes, guirlandes de fleurs polychromes.

89 — **Sèvres**. Une assiette, marli bleu à oiseaux.

90 — **Sèvres**. Une soucoupe. décorée d'un amour sur fond bleu.

91 — **Sèvres**. Deux coupes, décorées, au marli, de scènes chinoises or et argent sur fond noir.

92 — **Sèvres**. Deux plateaux, même service.

93 — **Sèvres**. Dix pots à sorbets, même service.

94 — **Vienne**. Cafetière, décorée de paysages polychromes.

MINIATURES
OBJET DE VITRINE

95 — Jeune fille vue de profil à gauche. Signée : *Sauvage*.

96 — Portrait de femme brune décolletée. Signée : *Mulnier 1824*.

97 — Portrait d'homme. Signée : *Dagoly 1808*.

98 — Portrait d'ecclésiastique, vu de face. Signée : *Cabassus*.

99 — Montre or et roses. Époque Louis XVI.

TAPISSERIES ANCIENNES

100 — Portière, formée de trois bandes, à décor de fruits, fleurs et colonnes. Flandres, xviie siècle.

Haut., 2 m. 90 cent.; larg., 2 m. 50 cent.

101 — Tapisserie présentant le couronnement d'une reine. Celle-ci est à genoux, une suivante tient sa traine. Fond de verdure et de paysage. Flandres, xvie siècle.

Haut., 2 m. 10 cent. ; larg., 2 m. 30 cent.

102 — Tapisserie, décorée d'oiseaux, de kiosques chinois et d'arbres fleuris. Époque Louis XV.

Haut., 2 m. 20 cent.; larg., 2 m. 65 cent.

103 — Tapisserie présentant un perroquet, un renard tenant une poule, une barque et un pavillon chinois, construit sur une presqu'île. Plantes, fleurs et fond de paysages. Époque Louis XV.

Haut., 2 m. 25 cent.; larg., 1 m. 60 cent.

104 — Objets omis.